모란이
피기까지는

모란이 피기까지는

초판 1쇄 발행 | 2017년 08월 10일
초판 3쇄 발행 | 2023년 09월 05일

지은이 | 김영랑

발행인 | 김선희 · 대 표 | 김종대
펴낸곳 | 도서출판 매월당
책임편집 | 박옥훈 · 디자인 | 윤정선 · 마케터 | 양진철 · 김용준

등록번호 | 388-2006-000018호
등록일 | 2005년 4월 7일
주소 | 경기도 부천시 소사구 중동로 71번길 39, 109동 1601호
(송내동, 뉴서울아파트)
전화 | 032-666-1130 · 팩스 | 032-215-1130

ISBN 979-11-7029-156-5 (03810)

· 잘못된 책은 바꿔드립니다.
· 책값은 뒤표지에 있습니다.

이 도서의 국립중앙도서관 출판시도서목록(CIP)은 서지정보유통지원시스템 홈페이지(http://seoji.nl.go.kr)와 국가자료공동목록시스템(http://www.nl.go.kr/kolisnet)에서 이용하실 수 있습니다.(CIP제어번호 : CIP2017012323)

한국 명시 따라 쓰기 02

모란이 피기까지는

김영랑 필사 시집

매월당
MAEWOLDANG

차 례

제3장
모란이 피기까지는

제4장
오월 아침

제 1 장

돌담에 속삭이는 햇발같이

동백잎에 빛나는 마음

내 마음의 어딘 듯 한편에 끝없는
강물이 흐르네
돋쳐 오르는 아침 날빛이 빤질한
은결을 도도네
가슴엔 듯 눈엔 듯 또 핏줄엔 듯
마음이 도른도른 숨어 있는 곳
내 마음의 어딘 듯 한편에 끝없는
강물이 흐르네

돌담에 속삭이는 햇발같이

돌담에 속삭이는 햇발같이
풀 아래 웃음 짓는 샘물같이
내 마음 고요히 고운 봄길 위에
오늘 하루 하늘을 우러르고 싶다

새악시 볼에 떠오는 부끄럼같이
시詩의 가슴에 살포시 젖는 물결같이
보드레한 에메랄드 얇게 흐르는
실비단 하늘을 바라보고 싶다

언덕에 바로 누워

언덕에 바로 누워
아슬한 푸른 하늘 뜻 없이 바라다가
나는 잊었습네 눈물 도는 노래를
그 하늘 아슬하여 너무도 아슬하여

이 몸이 서러운 줄 언덕이야 아시련만
마음이 가는 웃음 한때라도 없더라냐
아슬한 하늘 아래 귀여운 맘 즐거운 맘
내 눈은 감기었대 감기었대

뉘 눈결에 쏘이었소

뉘 눈결에 쏘이었소
온통 수줍어진 저 하늘빛
담 안에 복숭아꽃이 붉고
밖에 봄은 벌써 재앙스럽소

꾀꼬리 단둘이 단둘이로다
빈 골짝도 부끄러워
혼란스런 노래로 흰 구름 피어올리나
그 속에 든 꿈이 더 재앙스럽소

누이의 마음아 나를 보아라

"오—매 단풍 들것네"
장광* 에 골 붉은 감잎 날아와
누이는 놀란 듯이 쳐다보며
"오—매 단풍 들것네"

추석이 내일 모레 기둘리니
바람이 잦아서 걱정이리
누이의 마음아 나를 보아라
"오—매 단풍 들것네"

* 장광 : 장독대

바람이 부는 대로

바람이 부는 대로 찾아가오리
흘린 듯 기약하신 님이시기로
행여나! 행여나! 귀를 종금이
어리석다 하심은 너무로구려

문풍지 설움에 몸이 저리어
내리는 함박눈 가슴 해어져
헛보람! 헛보람! 몰랐으련만
날더러 어리석단 너무로구려

눈물에 실려 가면

눈물에 실려 가면 산길로 칠십 리
돌아보니 찬바람 무덤에 몰리네
서울이 천 리로다 멀기도 하련만
눈물에 실려 가면 한 걸음 한 걸음

뱃장 위에 부은 발 쉬일까 보다
달빛으로 눈물을 말릴까 보다
고요한 바다 위로 노래가 떠간다
설움도 부끄러워 노래가 노래가

쓸쓸한 뫼 앞에

쓸쓸한 뫼 앞에 호젓이 앉으면
마음은 가라앉은 양금* 줄같이
무덤의 잔디에 얼굴을 부비면
넋은 향 맑은 구슬 손*같이
산골로 가노라 산골로 가노라
무덤이 그리워 산골로 가노라

* 양금洋琴 : 현악기의 하나
* 구슬 손 : 섬섬옥수玉手

꿈 밭에 봄 마음

굽어진 돌담을 돌아서 돌아서
달이 흐른다 놀이 흐른다
하이얀 그림자
은실을 즈르르 몰아서
꿈 밭에 봄 마음 가고 가고 또 간다

님 두시고 가는 길

님 두시고 가는 길의 애끈한 마음이여
한숨 쉬면 꺼질 듯한 조매로운 꿈길이여
이 밤은 캄캄한 어느 뉘 시골인가
이슬같이 고인 눈물을 손끝으로 깨치나니

허리띠 매는 시악시

허리띠 매는 시악시 마음실같이
꽃가지에 오는 한 그늘이 지면
흰 날의 내 가슴 아지랑이 낀다
흰 날의 내 가슴 아지랑이 낀다

풀 위에 맺어지는

풀 위에 맺어지는 이슬을 본다
눈썹에 아롱지는 눈물을 본다
풀 위엔 정기가 꿈같이 오르고
가슴은 간곡히 입을 벌린다

좁은 길가에 무덤이 하나

좁은 길가에 무덤이 하나
이슬에 젖으며 밤을 새인다
나는 사라져 저 별이 되오리
뫼 아래 누워서 희미한 별을

밤 사람 그립고야

밤 사람 그립고야
말없이 걸어가는 밤 사람 그립고야
보름 넘은 달그리매 마음아이 서어로아
오랜 밤을 나도 혼자 밤 사람 그립고야

숲 향기 숨길

숲 향기 숨길을 가로막았소
발끝에 구슬이 깨이어지고
달 따라 들길을 걸어다니다
하룻밤 여름을 새워버렸소

저녁때 외로운 마음

저녁때 저녁때 외로운 마음
붙잡지 못하여 걸어다님을
누구라 불어주신 바람이기로
눈물을 눈물을 빼앗아가오

무너진 성터

무너진 성터에 바람이 세나니
가을은 쓸쓸한 맛뿐이구려
희끗희끗 산국화 나부끼면서
가을은 애달프다 속삭이느뇨

산골 시악시

산골을 놀이터로 커난 시악시
가슴속은 구슬같이 맑으련마는
바라뵈는 먼 곳이 그리움인지
동이 인 채 산길에 섰기도 하네

그 색시 서럽다

그 색시 서럽다 그 얼굴 그 동자가
가을 하늘가에 도는 바람 섞인 구름조각
핼쑥하고 서늘하여 어디로 떠갔으랴
그 색시 서럽다 옛날의 옛날의

바람에 나부끼는 갈잎

바람에 나부끼는 갈잎
여울에 희롱하는 갈잎
알 만 모를 만 숨 쉬고 눈물 맺은
내 청춘의 어느 날 서러운 손짓이여

뻘은 가슴을 훤히 벗고

뻘은 가슴을 훤히 벗고
개풀 수줍어 고개 숙이네
한낮에 배란 놈이 저 가슴 만졌고나
뻘건 맨발로는 나도 자꾸 간지럽고나

제 2 장

내 마음을 아실 이

다정히도 불어오는 바람

다정히도 불어오는 바람이기에
내 숨결 가볍게 실어 보냈지
하늘갓*을 스치고 휘도는 바람
어이면 한숨만 몰아다 주오

* 하늘갓 : 하늘가, 하늘의 끝

떠내려가는 마음

떠내려가는 마음의 포렴한* 길을
꿈이런가 눈감고 헤아리려니
가슴에 선뜻 빛깔이 돌아
생각을 끊으며 눈물 고이며

* 포렴한 : '파르스름한' 의 방언

그밖에 더 아실 이

그밖에 더 아실 이 안 계실거나
그이의 젖은 옷깃 눈물이라고
빛나는 별 아래 애달픈 입김이
이슬로 맺히고 맺히었음을

뵈지도 않는 입김

뵈지도 않는 입김의 가는 실마리
새파란 하늘 끝에 오름과 같이
대숲의 숨은 마음 기어이 찾으려
삶은 오로지 바늘 끝같이

사랑은 깊기 푸른 하늘

사랑은 깊기 푸른 하늘
맹세는 가볍기 흰 구름쪽
그 구름 사라진다 서럽지는 않으나
그 하늘 큰 조화 못 믿지는 않으나

미움이란 말 속에

미움이란 말 속에 보기 싫은 아픔
미움이란 말 속에 하잔한 뉘우침
그러나 그 말씀 씹히고 씹힐 때
한 꺼풀 넘쳐흐르는 눈물

눈물 속 빛나는 보람

눈물 속 빛나는 보람과 웃음 속 어둔 슬픔은
오직 가을 하늘에 떠도는 구름
다만 호젓하고 줄 데 없는 마음만 예나 이제나
외로운 밤 바람 섞인 찬별을 보았습니다

밤이면 고총古塚* 아래

밤이면 고총古塚 아래 고개 숙이고
낮이면 하늘 보고 웃음 좀 웃고
너른 들 쓸쓸하여 외로운 할미꽃
아무도 몰래 지는 새벽 지친 별

* 고총古塚: 오래된 무덤

빈 포켓에 손 찌르고

빈 포켓에 손 찌르고 폴 베를렌* 찾는 날
온몸은 흐렁흐렁 눈물도 찔끔 나누나
오! 비가 이리 쭐쭐쭐 내리는 날은
설운 소리 한 천千 마대 썼으면 싶어라

* 폴 베를렌(Paul Verlaine, 1844~1896) : 프랑스의 서정시인. 젊은 천재 시인 랭보와의 동성연애 사건으로 투옥되기도 했고 말라르메와 함께 상징파의 대표 시인이 되었으나, 빈곤과 병고로 완전한 방랑 시인으로서 파리에서 사망했다. 그는 음주 · 동성애 · 이혼 · 빈곤 · 병고 등 강한 감정에 약한 의지를 가지고 온갖 덕과 부도덕이 교차된 생애를 보냈으나, 그 영육靈肉의 부조화와 갈등에 고민하면서 이를 기조로 한 극히 우아한 형식과 미묘한 시풍의 명작을 발표한 독특한 시인이었다.

저 곡조만 마저

저 곡조만 마저 호동글 사라지면
목 속의 구슬을 물속에 버리려니
해와 같이 떴다 지는 구름 속 종달은
내일 또 새로운 섬 새 구슬 머금고 오리

향내 없다고

향내 없다고 버리시려면
내 목숨 꺾지나 마시오
외로운 들꽃은 들가에 시들어
철없는 그이의 발끝에 좋을걸

언덕에 누워

언덕에 누워 바다를 보면
빛나는 잔물결 헤일 수 없지만
눈만 감으면 떠오는 얼굴
뵈올 적마다 꼭 한 분이구려

푸른 향물 흘러버린 언덕

푸른 향물 흘러버린 언덕 위에
내 마음 하루살이 나래로다
보실보실 가을 눈[眼]이 그 나래를 치며
허공의 속삭임을 들으라 한다

빠른 철로에 조는 손님아

빠른 철로에 조는 손님아
이 시골 이 정거장 행여 잊을라
한가하고 그립고 쓸쓸한 시골 사람의
드나드는 이 정거장 행여 잊을라

생각하면 부끄러운 일

생각하면 부끄러운 일이여라
석가나 예수같이 큰일을 하리라고
내 가슴에 불덩이가 타오르던 때
학생이란 피로 쌓인 부끄러운 때

온몸을 감도는 붉은 핏줄

온몸을 감도는 붉은 핏줄이
꼭 감긴 눈 속에 뭉쳐 있네
날랜 소리 한 마디 날랜 칼 하나
그 핏줄 딱 끊어버릴 수 없나

못 오실 님

못 오실 님이 그리웁기로
흩어진 꽃잎이 슬프랬던가
빈손 쥐고 오신 봄이 그저 다 가시련만
흘러가는 눈물이면 님의 마음 저지련만

제야除夜

제운 밤 촛불이 찌르르 녹아버린다
못 견디게 무거운 어느 별이 떨어지는가

어둑한 골목골목에 수심은 떴다 가라앉았다
제운 밤 이 한밤이 모질기도 하온가

희뿌연 종이 등불 수줍은 걸음걸이
샘물 정히 떠붓는 안쓰러운 마음결

한해라 그리운 정을 몷고* 쌓아 흰 그릇에
그대는 이 밤이라 맑으라 비사이다

* 몷고 : 모으고

내 옛날 온 꿈이

내 옛날 온 꿈이 모조리 실리어 간
하늘갓 닿는 데 기쁨이 사신가

고요히 사라지는 구름을 바라자
헛되나 마음 가는 그곳뿐이라

눈물을 삼키며 기쁨을 찾노란다
허공은 저리도 한없이 푸르름을

엎드려 눈물로 땅 위에 새기자
하늘갓 닿는 데 기쁨이 사신다

그대는 호령도 하실 만하다

창랑에 잠방거리는 섬들을 길러
그대는 탈도 없이 태연스럽다

마을을 휩쓸고 목숨 앗아간
간밤 풍랑도 가소롭구나아

침 날빛에 돛 높이 달고
청산아 보란 듯 떠나가는 배

바람은 차고 물결은 치고
그대는 호령도 하실 만하다

아파 누워 혼자 비노라

아파 누워 혼자 비노라
이대로 가진 못하느냐

비는 마음 그래도 거짓 있나
사잔 욕심 찾아도 보나
새삼스레 있을 리 없다
힘없고 느릿한 핏줄 하나

오! 그저 이슬같이
예사 고요히 지려무나
저기 은행잎은 떠날른다

가늘한 내음

내 가슴속에 가늘한 내음
애끈히 떠도는 내음
저녁 해 고요히 지는 제
머언 산山허리에 슬리는 보랏빛

오! 그 수심 뜬 보랏빛
내가 잃은 마음의 그림자
한 이틀 정열에 뚝뚝 떨어진 모란의
깃든 향취가 이 가슴 놓고 갔을 줄이야

얼결에 여윈 봄 흐르는 마음
헛되이 찾으려 허덕이는 날
뻘 위에 철썩 갯물이 놓이듯
얼컥 이—는 후끈한 내음

아! 후끈한 내음 내키다마는
서어한 가슴에 그늘이 도나니
수심 뜨고 애끈하고 고요하기
산허리에 슬리는 저녁 보랏빛

내 마음을 아실 이

내 마음을 아실 이
내 혼자 마음 날 같이 아실 이
그래도 어데나 계실 것이면

내 마음에 때때로 어리우는 티끌과
속임 없는 눈물의 간곡한 방울방울
푸른 밤 고이 맺는 이슬 같은 보람을
보밴 듯 감추었다 내어드리지

아! 그립다
내 혼자 마음 날 같이 아실 이
꿈에나 아득히 보이는가

향 맑은 옥돌에 불이 달어
사랑은 타기도 하오련만
불빛에 연긴 듯 희미론 마음은
사랑도 모르리 내 혼자 마음은

제 3 장

모란이 피기까지는

시냇물 소리

바람 따라 가지오고 멀어지는 물소리
아주 바람같이 쉬는 적도 있었으면
흐름도 가득 찰랑 흐르다가
더러는 그림같이 머물렀다 흘러보지
밤도 산山골 쓸쓸하이 이 한밤 쉬어가지
어느 뉘 꿈에 든 셈 소리 없든 못할쏘냐

새벽 잠결에 언뜻 들리어
내 무거운 머리 선뜻 씻기우느니
황금 소반에 구슬이 굴렀다
오 그립고 향미른 소리야
물아 거기 좀 멈춰서라 나는 그윽히
저 창공의 은하만년銀河萬年을 헤아려보노니

모란이 피기까지는

모란이 피기까지는
나는 아직 나의 봄을 기다리고 있을 테요
모란이 뚝뚝 떨어져버린 날
나는 비로소 봄을 여읜 설움에 잠길 테요
5월 어느 날, 그 하루 무덥던 날
떨어져 누운 꽃잎마저 시들어버리고는
천지에 모란은 자취도 없어지고
뻗쳐오르던 내 보람 서운케 무너졌느니
모란이 지고 말면 그뿐 내 한 해는 다 가고 말아
삼백예순 날 하냥* 섭섭해 우옵네다
모란이 피기까지는
나는 아직 기다리고 있을 테요
찬란한 슬픔의 봄을

* 하냥 : '늘, 언제나, 계속하여' 의 방언

불지암佛地菴* 서정抒情

그 밤 가득한 산山 정기는 기척 없이 솟은 하얀 달빛에 모두 쓸리우고
한낮을 향미로우라 울리든 시냇물 소리마저 멀고 그윽하여
중향衆香의 맑은 돌에 맺은 금이슬 굴러 흐르듯
아담한 꿈 하나 여승의 호젓한 품을 애끈히 사라졌느니

천년千年 옛날 쫓기어 간 신라新羅의 아들이냐 그 빛은 청초한 수미산山 나리꽃
정녕 지름길 섯드른 흰옷 입은 고운 소년少年이
흡사 그 바다에서 이 바다로 고요히 떨어지는 별살같이
옆 산山모롱이에 언뜻 나타나 앞골 시내로 사뿐 사라지심

승은 아까워 못 견디는 양 희미해지는 꿈만 뒤쫓았으나
끝없는지라 돌여 밝는 날의 남모를 귀한 보람을 품었을 뿐
토끼랑 사슴만 뛰어 보여도 반드시 기려지는 사나이 지났었느니

* 불지암佛地菴 : 내금강의 한적한 곳에 허물어져가는 고찰로 두 젊은 승이 그의 스님을 뫼시고 있다.

고운 연輦*의 거동이 있음직한 맑고 트인 날 해는 기우
는 제
승의 보람은 이루었느냐 가엾어라 미목 청수한 젊은 선비
앞 시냇물 모이는 새파란 소에 몸을 던지시니라

* 연輦 : 가마 또는 손수레

물 보면 흐르고

물 보면 흐르고
별 보면 또렷한
마음이 어이면 늙으뇨

흰 날에 한숨만
끝없이 떠돌던
시절이 가엾고 멀어라

안쓰러운 눈물에 안겨
흩은 잎 쌓인 곳에 빗방울 드듯
느낌은 후줄근히 흘러 흘러가건만

그 밤을 홀히 앉으면
무심코 야윈 볼도 만져보느니
시들고 못 피인 꽃 어서 떨어지거라

강선대降仙臺 돌바늘 끝에

강선대 돌바늘 끝에
하잔한 인간 하나
그는 벌써
불타오르는 호수에 뛰어내려서
제 몸 사뤘더라면 좋았을 인간

이제 몇 해뇨
그 황홀 만나도 이 몸 선뜻 못 내던지고
그 찬란 보고도 노래는 영영 못 부른 채
젖어드는 물결과 싸우다 넘기고
시달린 마음이라 더러 눈물 맺혔네

강선대 돌바늘 끝에 벌써
불사뤘어야 좋았을 인간

사개* 틀린 고풍의 툇마루에

사개 틀린 고풍의 툇마루에 없는 듯이 앉아
아직 떠오를 기척도 없는 달을 기다린다
아무런 생각 없이
아무런 뜻 없이

이제 저 감나무 그림자가
사뿐 한 치씩 옮아오고
이 마루 위에 빛깔의 방석이
보시시 깔리우면

나는 내 하나인 외로운 벗
가냘픈 내 그림자와
말없이 몸짓 없이 서로 맞대고 있으려니
이 밤 옮기는 발짓이나 들려오리라

* 사개 : 상자 따위의 모퉁이를 끼워 맞추기 위하여 서로 맞물리는 끝을 들쭉날쭉하게 파낸 부분, 또는 그런 짜임새

마당 앞 맑은 새암*을

마당 앞
맑은 새암을 들여다본다

저 깊은 땅 밑에
사로잡힌 넋 있어
언제나 먼 하늘만
내려다보고 계심 같아

별이 총총한
맑은 새암을 들여다본다

저 깊은 땅속에
편히 누운 넋 있어
이 밤 그 눈 반짝이고
그의 걸몸 부르심 같아

마당 앞
맑은 새암은 내 영혼의 얼굴

* 새암 : 샘

황홀한 달빛

황홀한 달빛
바다는 은銀장
천지는 꿈인 양
이리 고요하다

부르면 내려올 듯
정든 달은
맑고 은은한 노래
울려날 듯

저 은장 위에
떨어진단들
달이야 설마
깨어질라고

떨어져 보라
저 달 어서 떨어져라
그 혼란스럼
아름다운 천둥 지둥*

호젓한 삼경三更
산 위에 홀히
꿈꾸는 바다
깨울 수 없다

* 지둥 : 지진

두견杜鵑

울어 피를 뱉고 뱉은 피는 도로 삼켜
평생을 원한과 슬픔에 지친 작은 새
너는 너른 세상에 설움을 피로 삭이려 오고
네 눈물은 수천 세월을 끊임없이 흐려 놓았다
여기는 먼 남쪽 땅 너 쫓겨 숨음직한 외딴곳
달빛 너무도 황홀하여 호젓한 이 새벽을
송기한 네 울음 천길 바다 밑 고기를 놀래고
하늘갓 어린 별들 버르르 떨리겠고나

몇 해라 이 삼경에 빙빙 도는 눈물을
씻지는 못하고 고인 그대로 흘리웠느니
서럽고 외롭고 여윈 이 몸은
퍼붓는 네 술잔에 그만 지늘겼느니
무섬* 정드는 이 새벽까지 울리는 저승의 노래
저기 성 밑을 돌아나가는 죽음의 자랑찬 소리여
달빛 오히려 마음 어둘 저 흰 등 흐느껴 가신다
오래 시들어 파리한 마음마저 가고지워라

* 무섬 : '무서움' 의 준말

비탄의 넋이 붉은 마음만 낱낱 시들피느니
짙은 봄 옥 속 춘향이 아니 죽었을라디야
옛날 왕궁을 나신 나이 어린 임금이
산골에 홀로 우시다 너를 따라가셨더라니
고금도古今島 마주 보이는 남쪽 바닷가 한 많은 귀향길
천리 망아지 얼렁 소리 쇤 듯 멈추고
선비 여윈 얼굴 푸른 물에 띄웠을 제
네 한 된 울음 죽음을 흐려 불렀으리라

너 아니 울어도 이 세상 서럽고 쓰린 것을
이른 봄 수풀이 초록빛 들어 물 내음새 그윽하고
가는 댓잎에 초승달 매달려 애틋한 밝은 어둠을
너 몹시 안타까워 포실거리며 훗훗 목메었느니
아니 울고는 하마 죽어 없으리, 오! 불행의 넋이여
우지진 진달래 와직 지우는 이 삼경의 네 울음
희미한 줄산이 살풋 물러서고
조그만 시골이 홍청 깨어진다

청명

호르 호르르 호르르르 가을 아침
취어진 청명을 마시며 거닐면
수풀이 호르르 벌레가 호르르르
청명은 내 머릿속 가슴속을 젖어들어
발끝 손끝으로 새어나가나니

온 살결 터럭 끝은 모두 눈이요 입이라
나는 수풀의 정을 알 수 있고
벌레의 예지를 알 수 있다
그리하여 나도 이 아침 청명의
가장 곱지 못한 노래꾼이 된다

수풀과 벌레는 자고 깨인 어린애
밤새어 빨고도 이슬은 남았다
남았거든 나를 주라
나는 이 청명에도 주리나니
방에 문을 닫고 벽을 향해 숨 쉬지 않았느뇨

햇발이 처음 쏟아지면
청명은 갑자기 으리으리한 관冠을 쓰고
그때에 토록 하고 동백 한 알은 빠지나니
오! 그 빛남 그 고요함
간밤에 하늘을 쫓긴 별살의 흐름이 저리했다

온 소리의 앞소리요
온 빛깔의 비롯이라
이 청명에 포근 취어진 내 마음
감각의 시원한 골에 돋은 한낱 풀잎이라
평생을 이슬 밑에 자리 잡은 한낱 버러지로다

오월

들길은 마을에 들자 붉어지고
마을 골목은 들로 내려서자 푸르러졌다
바람은 넘실 천千 이랑 만萬 이랑
이랑이랑 햇빛이 갈라지고
보리도 허리통이 부끄럽게 드러났다
꾀꼬리는 여태 혼자 날아볼 줄 모르나니

암컷이라 쫓길 뿐
수놈이라 쫓을 뿐
황금빛 난 길이 어지럴 뿐
얇은 단장하고 아양 가득 차 있는
산봉우리야 오늘밤 너 어디로 가버리련?

호젓한 노래

그대 내 호젓한 노래를 들으실까
꽃은 가득 피고 벌떼 잉잉거리고

그대 내 그늘 없는 소리를 들으실까
안개 자욱이 푸른 골을 다 덮었네

그대 내 흥 안 이는 노래를 들으실까
봄물결은 왜 이는지 출렁거리네

내 소리는 깨벗어* 봄철이 실타리
호젓한 소리 가다가는 씁쓸한 소리

어슨* 달밤 빨간 동백 쥐어 따서
마음씨 양 꽁꽁 주물러버리네

* 깨벗어 : '벌거벗어' 의 전라도 사투리
* 어슨 : 조금 어두운

연 I

내 어린 날!
아스라한 하늘에 뜬 연같이
바람에 깜박이는 연실같이
내 어린 날! 아슴푸레하다*

하늘은 파—랗고 끝없고
평평한 연실은 조마롭고*
오! 흰 연 그 새에 높이
아실아실 떠놀다 내 어린 날!

바람 일어 끊어갔다면
엄마 아빠 날 어찌 찾어
희끗희끗한 실낱 믿고
어린 아빠 피리를 불다

* 아슴푸레하다 : 빛이 약하거나 멀어서 조금 어둑하고 희미하다.
* 조마롭다 : 매우 조마조마하거나 조마조마한 데가 있다.

오! 내 어린 날 하얀 옷 입고
외로이 자랐다 하얀 넋 담고
조마조마 길가에 붉은 발자국
자국마다 눈물이 고이었었다

수풀 아래 작은 샘

수풀 아래 작은 샘
언제나 흰 구름 떠가는 높은 하늘만 내어다보는
수풀 속의 맑은 샘
넓은 하늘의 수만 별을 그대로 총총 가슴에 박은 작은 샘
두레박이 쏟아져 동이 갓을 깨치는 찬란한 떼별의 흩는 소리
얽혀져 잠긴 구슬 손결이
웬 별나라 휘 흔들어버리어도 맑은 샘
해도 저물녘 그대 종종걸음 흰 듯 다녀갈 뿐 샘은 외로워도
그 밤 또 그대 날과 샘과 셋이 도른도른
무슨 그리 향그런 이야기 날을 새웠나
샘은 애끈한 젊은 꿈 이제도 그저 지녔으리
이 밤 내 혼자 내려가 볼까나 내려가 볼까나

땅거미

가을날 땅거미 아렴풋한 흐름 위를
고요히 실리우다 훤뜻 스러지는 것
잊은 봄 보랏빛의 낡은 내음이요
임의 사라진 천리 밖의 산울림
오랜 세월 시닷긴 으스름한 파스텔

애달픈 듯한
좀 서러운 듯한
오! 모두 다 못 돌아오는
먼— 지난날의 놓친 마음

달맞이

빛깔 환—히
동창東窓에 떠오름을 기다리신가
아흐레 어린 달이
부름도 없이 홀로 났소
월출月出 동령東嶺
팔도八道 사람 맞이하오
기척 없이 따르는 마음
그대나 고이 싸안아주오

발짓

거나한 낮의 소란 소리 풍겼는데 금시 퇴락하는 양
묵은 벽지壁紙의 내음 그윽하고
저쯤에서 걸려 있을 희멀끔한 달
한 자락 펴진 구름도 못 말아놓은 바람이어니
묵근히 옮겨 딛는 밤의 검은 발짓만 고된 넋을 짓밟누나
아! 몇 날을 더 몇 날을
뛰어본 다리 날아본 다리
허전한 풍경風景을 안고 고요히 선다

독毒을 차고

내 가슴에 독毒을 찬 지 오래로다
아직 아무도 해害한 일 없는 새로 뽑은 독
벗은 그 무서운 독 그만 흩어버리라 한다
나는 그 독이 선뜻 벗도 해할지 모른다 위협하고

독 안 차고 살아도 머지않아 너 나 마주 가버리면
억만 세대億萬世代가 그 뒤로 잠자코 흘러가고
나중에 땅덩이 모지라져 모래알이 될 것임을
'허무虛無한디!' 독은 차서 무엇 하느냐고?

아! 내 세상에 태어났음을 원망 않고 보낸
어느 하루가 있었던가 '허무한디!' 허나
앞뒤로 덤비는 이리 승냥이 바야흐로 내 마음을 노리매
내 산 채 짐승의 밥이 되어 찢기우고 할퀴우라 내맡긴 신세임을

나는 독을 차고 선선히 가리라
막음 날 내 외로운 혼魂 건지기 위하여

연 Ⅱ

좀평나무 높은 가지 끝에 얽힌 다 해진 흰 실낱을 남은 몰라도
보름 전에 산을 넘어 멀리 가버린 내 연의 한 알 남긴 설움의 첫 씨
태어난 뒤 처음 높이 띄운 보람 맛본 보람
안 끊어졌다면 그럴 수 없지
찬바람 쐬며 콧물 흘리며 그 겨우내 그 실낱 치어다보러 다녔으리
내 인생이란 그때부터 벌써 시든 성싶어
철든 어른을 뽐내다가도 그 흰 실낱같은 병病의 실마리
마음 어느 한구석에 도사리고 있어 얼씬거리면
아이고! 모르지
불다 자는 바람
타다 꺼진 불똥
아! 인생도 겨레도 다 멀어지든구나

제 4 장

오월 아침

한 줌 흙

본시 평탄했을 마음 아니로다
굳이 톱질하여 산산 찢어놓았다

풍경風景이 눈을 흘리지 못하고
사랑이 생각을 흐리지 못한다

지쳐 원망도 않고 산다

대체 내 노래는 어디로 갔느냐
가장 거룩한 것 이 눈물만

아쉬운 마음 끝내 못 빼앗고
주린 마음 그득 못 배불리고

어차피 몸도 피로해졌다
바삐 관棺에 못을 다져라

아무려나 한 줌 흙이 되는구나

언 땅 한 길

언 땅 한 길 파도 파도
괭이는 아프게 맞치더라
언—대로 묻어두기 불쌍하기사
봄 되어 녹으면 울며 보채리

두 자 세 치를 눈이 덮어도
뿌리는 얼씬 못 건드려
대 죽고 난 이 삼월三月 파르스름히
풀잎은 깔리네 깔리네

집

내 집 아니라
늬 집이라
나르다 얼른 돌아오라
처마 난간欄干이
늬들 가여운 속삭임을 지음知音터라

내 집 아니라
네 집이라
아배 간 뒤 머언 날
아들 손자 잠도 깨우리
문틈 사이 늬는 몇 대代째 설워 우느뇨

내 집 아니라
네 집이라
은행잎이 날더니
좁은 마루 구석에 품인 듯 안겨들다
태고太古로 맑은 바람이 거기 살았니라

오! 내 집이라
열 해요 스무 해를
앉았다 누웠을 뿐
문밖에 바쁜 손[客]이
길 잘못 들어 날 찾아오고

손때 살내음도 절었을 난간欄干이
흔히 나를 안고 먼 산 판다
한두 쪽 흰구름이 사라지는데
한 두엇 저지른 옛일이
파아란 하늘만이 아슬하다

북

자네 소리하게 내 북을 잡지

진양조 중머리 중중머리
엇머리 자진머리 휘몰아보아

이렇게 숨결이 꼭 맞아서만 이룬 일이란
인생에 흔치 않아 어려운 일 시원한 일

소리를 떠나서야 북은 오직 가죽일 뿐
헛 때리는 만갑萬甲이도 숨을 고쳐 쉴밖에

장단長短을 친다는 말이 모자라오
연창演唱을 살리는 반주伴奏쯤은 지나고
북은 오히려 컨닥타요

떠받는 명고名鼓인데 잔가락을 온통 잊으오
떡 궁! 동중정動中靜이오 소란 속에 고요 있어
인생이 가을같이 익어가오

자네 소리하게 내 북을 치지

묘비명墓碑銘

생전에 이다지 외로운 사람
어이해 뫼 아래 빗돌[碑] 세우오
초조론 길손의 한숨이라도
헤어진 고총에 자주 떠오리
날마다 외롭다 가고 말 사람
그래도 뫼 아래 빗돌 세우리
'외롭건 내 곁에 쉬시다 가라'
한恨 되는 한 마디 삭이실란가

오월 아침

비 개인 오월 아침
혼란스런 꾀꼬리 소리
찬엄燦嚴한 햇살 퍼져 오릅니다

이슬비 새벽을 적시울 즈음
두견의 가슴 찢는 소리 피어린 흐느낌
한 그릇 옛날 향훈香薰이 어찌
이 맘 흥근 안 젖었으리오만은
이 아침 새 빛에 하늘대는 어린 속잎들 저리 부드럽고
그 보금자리에 찌찌찌 소리 내는 잘새의 발목은 포실거리어
접힌 마음 구긴 생각 이제 다 어루만져졌나 보오

꾀꼬리는 다시 창공을 흔드오
자랑찬 새 하늘을 사치스레 만드오
사향麝香 냄새도 잊어버렸대서야
불혹이 자랑이 아니 되오
아침 꾀꼬리에 안 불리는 혼이야
새벽 두견이 못 잡는 마음이야
한낮이 정익靜謐하단들 또 무얼 하오

저 꾀꼬리 무던히 소년인가 보오
새벽 두견이야 오—랜 중년이고
내사 불혹을 자랑턴 사람

망각

걷던 걸음 멈추고 서서도 얼컥 생각키는 것 죽음이로다
그 죽음이사 서른 살 적에 벌써 다 잊어버리고 살아왔는데
웬 노릇인지 요즘 자꾸 그 죽음 바로 닥쳐온 듯만 싶어져
항용 주춤 서서 행길을 호기로이 달리는 행상行喪을 보랐고 있느니

내 가버린 뒤도 세월이야 그대로 흐르고 흘러가면 그뿐이오라
나를 안아 기르던 산천도 만년 하냥 그 모습 아름다워라
영영 가버린 날과 이 세상 아무 가겔 것 없으매
다시 찾고 부를 인들 있으랴 억만 영겁이 아득할 뿐

산천이 아름다워도 노래가 고왔더라도 사랑과 예술이 쓰고 달콤하여도
그저 허무한 노릇이어라 모든 산다는 것 다 허무하오라
짧은 그동안이 행복했던들 참다웠던들 무어 얼마나 다르라더냐
다 마찬가지 아니 남만 나을러냐? 다 허무하오라

그날 빛나던 두 눈 딱 감기어 명상한대도 눈물은 흐르고 허덕이다 숨 다 지면 가는 거지야

더구나 총칼 사이 헤매다 죽는 태어난 비운悲運의 겨레이어든

죽음이 무서웁다 새삼스레 뉘 비겁할쏘냐마는 비겁할쏘냐마는

죽는다—고만이라—이 허망한 생각 내 마음을 왜 꼭 붙잡고 놓질 않느냐

망각하자—해본다 지난날을 아니라 닥쳐오는 내 죽음을
아! 죽음도 망각할 수 있는 것이라면
허나 어디 죽음이사 망각해질 수 있는 것이냐
길고 먼 세기世紀는 그 죽음 다 망각하였지만

행군行軍

북北으로 북으로
울고 간다 기러기

남방南邦 대숲 밑을
뉘 후여 날켰느뇨

낄르르 낄르
차운 어슨 달밤

언 하늘 스미지 못해
처량한 행군

낄르! 가냘프게 멀다
하늘은 목메인 소리도 낸다

겨레의 새해

해는 저물 적마다 그가 저지른 모든 일을 잊음의 큰 바다로 흘려보내지만
우리는 새해를 오직 보람으로 다시 맞이한다
멀리 사천이백팔십일 년
흰 뫼에 흰 눈이 쌓인 그대로
겨레는 한결같이 늘고 커지도다
일어나고 없어지고 온갖 살림은
구태여 캐내어 따질 것 없이
긴긴 반만년 통틀어 오롯했다

사십 년 치욕은 한바탕 험한 꿈
사 년 쓰린 생각 아직도 눈물이 돼
이 아침 이 가슴 정말 빼근하거니
나라가 처음 만방 평화의 큰 기둥 되고
백성이 인류 위해 큰일을 맡음이라
긴 반만년 합쳐서 한 해로다
새해 처음 맞는 겨레의 새해
미진한 대업 이루리라 거칠 것 없이 닫는 새해
이 첫날 겨레는 손 맞잡고 노래한다

천리를 올라온다

천리를 올라온다
또 천리를 올라들 온다
나귀 얼렁 소리 닿는 말굽 소리
청운의 큰 뜻은 모여들다 모여들다

남산 북악 갈래갈래 뻗은 골짜기
엷은 안개 그 밑에 묵은 이끼와 푸른 송백
낭랑히 울려나는 청의동자靑衣童子의 글 외는 소리
나라가 덩그러니 이룩해지다

인경 종이 울어 팔문八門이 굳게 닫히어도
난신외구亂臣外寇더러 성城을 넘고 불을 놓다
퇴락한 금석전각金石殿閣 이젠 차라리 겨레의 향그런 재화才華로다
찬란한 파고다여 우리 그대 앞에 진정 고개 숙인다

철마가 터지던 날 노들 무쇠다리
신기한 먼 나라를 사뿐 옮겨다 놓았다
서울! 이 나라의 화사한 아침 저자러라
겨레의 새 봄바람에 어리둥절 실행失行한 숫처녀들 없었을 거냐

남산에 올라 북한北漢 관악冠岳을 두루 바라다보아도
정녕코 산山 정기로 태어난 우리들이라
우뚝 솟은 묏부리*마다 고물고물 골짜기마다
내 모습 내 마음 두견이 울고 두견이 피고

높은 재 얕은 골 흔들리는 실마리 길
그윽하고 너그럽고 잔잔하고 산뜻하지
백마 호통 소리 나는 날이면
황금 꾀꼬리 희비 교향交響을 아뢰리라

* 묏부리 : 산등성이나 산봉우리의 가장 높은 꼭대기

바다로 가자

바다로 가자 큰 바다로 가자
우리 인제 큰 하늘과 넓은 바다를 마음대로 가졌노라
하늘이 바다요 바다가 하늘이라
바다 하늘 모두 다 가졌노라
옳다 그리하여 가슴이 뻐근치야
우리 모두 다 가자꾸나 큰 바다로 가자꾸나

우리는 바다 없이 살았지야 숨 막히고 살았지야
그리하여 조여들고 울고불고 하였지야
바다 없는 항구 속에 사로잡힌 몸은
살이 터져나고 뼈 퉁겨나고 넋이 흩어지고
하마터면 아주 거꾸러져버릴 것을
오! 바다가 터지도다 큰 바다가 터지도다

쪽배 타면 제주야 가고오고
독목선獨木船 왜섬이사 갔다왔지
허나 그게 바달러냐
건너뛰는 실개천이라
우리 삼 년 걸려도 큰 배를 짓잤꾸나
큰 바다 넓은 하늘을 우리는 가졌노라

우리 큰 배 타고 떠나가자꾸나
창랑을 헤치고 태풍을 걷어차고
하늘과 맞닿은 저 수평선 뚫으리라
큰 호통하고 떠나가자꾸나
바다 없는 항구에 사로잡힌 마음들아
툭 털고 일어서자 바다가 네 집이라

우리들 사슬 벗은 넋이로다 풀어놓인 겨레로다
가슴엔 잔뜩 별을 안으렴아
손에 잡히는 엄마별 아기별
머리 위엔 그득 보배를 이고 오렴
발아래 좍 깔린 산호요 진주라
바다로 가자 우리 큰 바다로 가자

춘향

큰 칼 쓰고 옥에 든 춘향이는
제 마음이 그리도 독했던가 놀래었다
성문이 부서져도 이 악물고
사또를 노려보던 교만한 눈
그는 옛날 성학사 박팽년이
불지짐에도 태연하였음을 알았었니라
오! 일편단심

원통코 독한 마음 잠과 꿈을 이뤘으랴
옥방獄房 첫날밤은 길고도 무서워라
설움이 사무치고 지쳐 쓰러지면
남강의 외로운 혼은 불리어 나왔느니
논개! 어린 춘향을 꼭 안아
밤새워 마음과 살을 어루만지다
오! 일편단심

사랑이 무엇이기
정절이 무엇이기
그 때문에 꽃의 춘향 그만 옥사하단 말가
지네 구렁이 같은 변학도의
흉측한 얼굴에 까무러쳐도
어린 가슴 달큼히 지켜주는 도련님 생각
오! 일편단심

상하고 멍든 자리 마디마디 문지르며
눈물은 타고 남은 간을 젖어내렸다
버들잎이 창살에 선뜻 스치는 날도
도련님 말방울 소리는 아니 들렸다
삼경三更을 세오다가 그는 고만 단장斷腸하다
두견이 울어 두견이 울어 남원 고을도 깨어지고
오! 일편단심

깊은 겨울밤 비바람은 우루루루
피칠 해 논 옥창살을 들이치는데
옥獄 죽음한 원귀들이 구석구석에 휙휙 울어
청절 춘향도 혼을 잃고 몸을 버려버렸다
밤새도록 까무러치고
해 돋을녘 깨어나다
오! 일편단심

믿고 바라고 눈 아프게 보고 싶던 도련님이
죽기 전에 와 주셨다 춘향은 살았구나
쑥대머리 귀신 얼굴 된 춘향이 보고
이도령은 잔인스레 웃었다 저 때문의 정절이 자랑스러워
'우리 집이 팍 망해서 상거지가 되었지야'
틀림없는 도련님 춘향은 원망도 안 했니라
오! 일편단심

모진 춘향이 그 밤 새벽에 또 까무러쳐서는
영 다시 깨어나진 못했었다 두견은 울었건만
도련님 다시 뵈어 한을 풀었으나 살아날 가망은 아주 끊기고
온몸 푸른 맥도 홱 풀려버렸을 법
출도出道 끝에 어사는 춘향의 몸을 거두며 울다
'내 변가卞哥보다 잔인 무지하여 춘향을 죽였구나'
오! 일편단심

우감偶感

우렁찬 소리 한 마디 안 그리운가
내 비위에 꼭 맞는 그 한 마디!
입에 돌고 귀에 아직 우는구나

사십 갓 찬 나이, 내 일찍 나서 좋다
창자가 짤리는 설움도 맛봐서 좋다
간 쓸개가 가까스로 남았거늘

아버지도 싫다 너무 이른 때 나셨다
아들도 싫다 너무 지나서 나왔다
내 나이 알맞다 가장 서럽게 자랐다

행복을 찾노라 모두들 환장한다
제 혼자 때문만 아니라는구나
주제넘게 남의 행복까지!
갖다 부처님께 바쳐라 앓는 마누라나 달래라

봄 되면 우렁찬 소리 여기저기 나는 듯해 자지러지다가도
거저 되살아날 듯싶다만 내 보금자리는 하냥 서런 행복이 가득 차 있다

새벽의 처형장處刑場

새벽의 처형장에는 서리 찬 마魔의 숨길이 휙휙 살을 에웁니다
탕탕 탕탕탕 퍽퍽 쓰러집니다
모두가 씩씩한 맑은 눈을 가진 젊은이들 낳기 전에 임을 빼앗긴 태극기를 도로 찾아 삼 년을 휘두르며 바른길을 앞서 걷던 젊은이들
탕탕탕 탕탕 자꾸 쓰러집니다
연유 모를 떼죽음 원통한 떼죽음

마지막 숨이 다 저질 때에도 못 잊는 것은
하현 찬 달 아래 종고산鐘鼓山 머리 나르는 태극기
오…… 망해가는 조국의 모습
눈이 차마 감겨졌을까요

어느 날 어느 때고

어느 날 어느 때고
잘 가기 위하여
평안히 가기 위하여
몸이 비록
아프고 지칠지라도
마음 평안히
가기 위하여
일만 정성
모두어 보리
멋없이 봄은 살같이 떠나고
중년은 하 외로워도
이 허무에선 떠나야 될 것을
살이 삭삭
여미고 썰릴지라도
마음 평안히
가기 위하여
아! 이것
평생을 닦는 좁은 길

못 오실 님이

못 오실 님이 그리웁기로
흩어진 꽃잎이 슬프랬던가
빈손 쥐고 오신 봄이 그저 다 가시련만
흘러가는 눈물이면 님의 마음 저지련만

거문고

검은 벽에 기대선 채로
해가 스무 번 바뀌었는데
내 기린麒麟은 영영 울지를 못한다

그 가슴을 통 흔들고 간 노인老人의 손
지금 어느 끝없는 향연饗宴에 높이 앉았으려니
땅 위의 외로운 기린이야 하마 잊어졌을라

바깥은 거친 들 이리떼만 몰려다니고
사람인 양 꾸민 잔나비떼들 쏘다니어
내 기린은 맘 둘 곳 몸 둘 곳 없어지다

문 아주 굳이 닫고 벽에 기대선 채
해가 또 한 번 바뀌거늘
이 밤도 내 기린은 맘 놓고 울들 못 한다

가야금

북으로
북으로
울고 간다 기러기

남방의
대숲 밑
뉘 휘여 날켰느뇨

앞서고 뒤섰다
어지럴 리 없으나

가냘픈 실오라기
네 목숨이 조매로아

강물

잠자리 설워서 일어났소
꿈이 고웁지 못해 눈을 떴소

베개에 차단히 눈물은 젖었는데
흐르다 못해 한 방울 애끈히 고이였소

꿈에 본 강물이 몹시 보고 싶었소
무럭무럭 김 오르며 내리는 강물

언덕을 혼자서 거니노라니
물오리 갈매기도 끼륵끼륵

강물은 철철 흘러가면서
아심찬*이 그 꿈도 떠싣고 갔소

꿈이 아닌 생시 가진 설움도
자꾸 강물은 떠싣고 갔소

* 아심찬허다 : 고마움을 표시하는 전라도 지방의 말

작품 해설

1. 작가에 대하여

전라남도 강진의 부유한 집안에서 장남으로 태어난 김영랑의 본관은 김해金海이며 본명은 김윤식金允植이다. 영랑永郎은 아호인데 《시문학詩文學》에 작품을 발표하면서부터 사용하기 시작했다. 1915년 강진보통학교를 졸업한 뒤 혼인했으나 불과 1년 반 만에 부인과 사별했다. 그 후 조선중앙기독교청년회관에서 영어를 공부하고 1917년 휘문의숙徽文義塾(후에 '사립휘문고등보통학교'로 개칭)에 입학하여 문학에 대한 관심을 갖기 시작했다. 이때 휘문의숙에는 홍사용, 안석주, 박종화 등의 선배와 정지용, 이태준 등의 후배, 그리고 동급반에 화백 이승만이 있어서 문학적 안목을 키우는데 직간접으로 도움을 받았다.

휘문의숙 3학년 때인 1919년에 3·1운동이 일어나자 고향 강진에서 거사하려다 일본 경찰에 체포되어 6개월간 대구형무소에서 옥고를 치렀다. 1920년에 일본으로 건너가 아오야마[青山] 학원 중학부를 거쳐 같은 학원 영문학과에 진학했다. 이 무렵 독립투사 박렬, 시인 박용철과도 친교를 맺었다. 그러나 1923년 관동대지진으로 인해 학업을 중단하고 귀국 후 고향에 머물렀다. 1925년에 개성 출신 김귀련과 재혼했다. 광복 후 은거생활에서 벗어나 사회에 적극 참여하여 강진에서 우익운동을 주도했고, 대한독립촉성회에 관여하여 강진대한청년회 단장을 지냈으며, 1948년 제헌국회의원 선거에 출마하여 낙선했다. 1949년에는 공보처 출판국장을 지냈으며, 평소 음악에 대한 조예가 깊어 국악이나 서양 명곡을 즐겨 들었고, 축구와 테니스 등 운동에도 능하여 비교적 여유 있는 삶을 영위했다. 9·28수복 하루 전인 9월 27일 길에서 유탄에 맞아 세상을 떠났다.

저서로는 〈내 마음 아실 이〉, 〈가늘한 내음〉, 〈모란이 피기까지는〉 등의 작품이 실린 《영랑시집永郎詩集》(1935)과 《영랑시선》(1949), 유고시집 《모란이 피기까지는》(1981) 등이 있다.

김영랑은 박용철, 정지용, 이하윤 등과 '시문학' 동인을 결성하여 1930년 3월에 창간된 《시문학》에 시 〈동백잎에 빛나는 마음〉, 〈언덕에 바로 누워〉 등 6편과 〈사행소곡四行小曲〉 7수를 발표하면서 본격적으로 시작詩作 활동을 시작하였다.

김영랑의 시에서 가장 많이 활용되는 시어는 바로 '내 · 마음'이며, 그것은 그의 시에서 '순수 서정'의 발원지에 해당한다. 이러한 '내 · 마음'의 유형을 정한모(1923~1991)는 자신의 《현대시론》(1974)에서 "영랑의 시세계를…… 하나로 요약한다면 '내 · 마음'의 세계라 할 수 있다. 서정시가 개인적인 정감을 표현하는 데서 출발했고 오늘날도 그 거점에서 크게 벗어나지 않는 만큼 영랑의 '내 · 마음'에는…… 그와 같은 것이 짙게 새겨져 있다."라고 강조하였다.[1)]

그러나 김영랑이 순수 서정시만을 고집한 것은 아니다. 그의 시세계는 전기와 후기로 크게 구분할 수 있는데, 전기 시는 1935년 박용철에 의하여 발간된 《영랑시집》 초판에 수록된 시편들이 해당되며 여기서는 자연에 대한 깊은 애정과 '슬픔' '눈물'의 용어가 수없이 반복되면서 그 비애 의식은 영탄이나 감상에 기울지 않고, '내 마음'의 내부로 들어와 정조와 감흥의 극치를 이루고 있다. 요컨대 그의 초기 시는 '시문학' 동인인 정지용 시의 감각적 기교와 더불어 그 시대 한국 순수시의 극치를 보여주고 있다.

---

1) 윤호병, p.146, 〈제4장 김영랑의 시세계〉, 《한국 현대 시인의 시세계》, 국학자료원, 2007.

그러다가 1940년을 전후하여 〈거문고〉, 〈독毒을 차고〉, 〈전신주〉, 〈망각忘却〉, 〈묘비명墓碑銘〉, 〈한 줌 흙〉 등에서는 사회성과 함께 그 형태적인 변모와 인생에 대한 깊은 회의, 그리고 '죽음'의 의식이 나타나 있다. 광복 이후에 발표된 〈바다로 가자〉, 〈천리를 올라온다〉 등에서는 새나라 건설의 대열에 적극적으로 참여하고자 하는 의욕이 충만함을 보여준다.

그러면 이제부터 시어가 줄 수 있는 리듬감을 극대화하여 우리말의 아름다움을 한껏 살려내고, 시인이 지향하는 순수의 세계가 곳곳에 반영된 작품들과 더불어 암울한 시대 상황 속에서 예리한 역사 인식이 반영된 김영랑의 주요 작품들을 살펴보겠다.

2. 내용 살펴보기

| 돌담에 속삭이는 햇발같이 |

돌담에 속삭이는 햇발같이 / 풀 아래 웃음 짓는 샘물같이 / 내 마음 고요히 고운 봄길 위에 / 오늘 하루 하늘을 우러르고 싶다 // 새악시 볼에 떠오는 부끄럼같이 / 시詩의 가슴에 살포시 젖는 물결같이 / 보드레한 에메랄드 얇게 흐르는 / 실비단 하늘을 바라보고 싶다

화자는 '~햇발같이', '~샘물같이', '~부끄럼같이', '~물결같이', '~우러르고 싶다', '~바라보고 싶다' 라는 비슷한 유형의 시구를 반복해서 사용하며 음악적 효과를 주고 있다. 또한 '풀' 과 '에메랄드' 라는 시어를 통해 푸른 이미지를 연상시키며 시각적인 효과를 주고 있다. 화자는 봄날 아름다운 하늘을 바라보며 자신이 추구하는 순수한 세계를 동경하고 있다.

| 모란이 피기까지는 |

모란이 피기까지는 / 나는 아직 나의 봄을 기다리고 있을 테요 // 모란이 뚝뚝 떨어져버린 날 / 나는 비로소 봄을 여읜 설움에 잠길 테요 // …(중략)… 모란이 피기까지는 / 나는 아직 기다리고 있을 테요 / 찬란한 슬픔의 봄을

이 작품 역시 '~있을 테요', '~잠길 테요'의 시구를 반복하며 운율을 형성하고 있다. 화자는 모란이 피기까지 봄을 기다리며 희망에 부풀지만 이내 모란이 뚝뚝 떨어져버리면 또다시 설움에 잠기고 만다. 하지만 거기서 멈추지 않고 다시 '찬란한 슬픔의 봄'을 기다리는 것이다. 시간이 흐름에 따라 꽃이 피고 지는 행위는 자연의 섭리이다. 이 작품에서 화자는 '기다림'이라는 인고의 시간을 거쳐 '아름다운 봄날(새로운 희망, 조국의 광복)'이 도래하기를 소망하고 있다.

| 내 마음을 아실 이 |

내 마음을 아실 이 / 내 혼자 마음 날 같이 아실 이 / 그래도 어데나 계실 것이면 // 내 마음에 때때로 어리우는 티끌과 / 속임 없는 눈물의 간곡한 방울방울 / 푸른 밤 고

이 맺는 이슬 같은 보람을 / 보밴 듯 감추었다 내어드리지 // 아! 그립다 / 내 혼자 마음 날 같이 아실 이 / 꿈에나 아득히 보이는가 / …(중략)… 사랑도 모르리 내 혼자 마음은

화자의 마음, 즉 '내 마음' 속의 번민에 관해 노래하고 있는 이 작품은 내 마음을 알아주는 단 한 사람이라도 있다면 '가장 귀한(보배인 듯한) 것'을 내어드리겠다는 표현을 통해, 화자는 자신의 마음을 알아줄 누군가를 간절하게 그리워하고 있음을 알 수 있다. 그러나 '내 혼자 마음'을 아는 이는 '꿈에나 아득히' 보일까, 결국 찾을 수 없어 화자의 마음은 '사랑도 모르는 내 혼자 마음'이 되어버리고 만다. 마음을 나눌 이가 없어 고립된 화자의 쓸쓸한 정서가 잘 드러나는 작품이다.

| 누이의 마음아 나를 보아라 |

"오—매 단풍 들것네" / 장광에 골 붉은 감잎 날아와 / 누이는 놀란 듯이 쳐다보며 / "오—매 단풍 들것네" // 추석이 내일 모레 기둘리니 / 바람이 잦아서 걱정이리 / 누이의 마음아 나를 보아라 / "오—매 단풍 들것네"

누이는 감잎이 장독대로 날아온 것을 보고 곧 가을이 올 것임을 느끼며 감탄조로 '오—매 단풍 들것네' 라고 말한다. 시인은 이 작품에서 토속적인 방언을 사용하여 정감 있는 우리말의 묘미를 한껏 살려내고 있다. 바람이 잦아서 걱정이 되지만 잠시 모든 걸 잊고 곧 돌아올 추석을 기다리며 아름다운 가을의 정취를 느끼고 싶은 화자의 심리가 반영된 작품이다.

| 쓸쓸한 뫼 앞에 |

쓸쓸한 뫼 앞에 호젓이 앉으면 / 마음은 가라앉은 양금 줄같이 / 무덤의 잔디에 얼굴을 부비면 / 넋은 향 맑은 구슬 손같이 / 산골로 가노라 산골로 가노라 / 무덤이 그리워 산골로 가노라

이 작품은 시인이 병으로 일찍 사별한 부인을 그리워하며 쓴 작품으로 해석된다. 화자는 '그리운 이가 묻힌 무덤에 얼굴을 부비면 마음은 가라앉은 양금(서양식 현악기)처럼 맑은 소리가 나는 듯하다' 고 말하고 있다. 화자의 이러한 행위와 감정은 누군가를 간절히 그리워하기에 가능한 것들이다. 이 외에도 〈님 두시고 가는 길의〉, 〈눈물에 실려 가면〉, 〈좁은 길가에 무덤이 하나〉, 〈밤이면 고총古塚

아래〉 등의 시들도 '무덤'을 소재로 한 작품이며 떠나간 임을 그리워하는 화자의 애달픈 마음이 잘 형상화되어 드러나 있다.

| 빈 포켓에 손 찌르고 |

빈 포켓에 손 찌르고 폴 베를렌 찾는 날 / 온몸은 흐렁흐렁 눈물도 찔끔 나누나 / 오! 비가 이리 쭐쭐쭐 내리는 날은 / 설운 소리 한 천千 마대 썼으면 싶어라

폴 베를렌(1844~1896)은 프랑스의 상징주의 시인이다. 화자는 1920년대 김억의 번역으로 베를렌의 시가 널리 전파된 상황에서 그의 작품에 영향을 받은 것으로 보인다. 비가 내리는 날 쓸쓸함에 잠겨 '설운 소리(서러운 소리)'를 무한히 내뱉고 싶어 하는 화자의 슬픈 정서가 잘 드러나 있다.

| 두견杜鵑 |

울어 피를 뱉고 뱉은 피는 도로 삼켜 / 평생을 원한과 슬픔에 지친 작은 새 / 너는 너른 세상에 설움을 피로 삭이려 오고 / 네 눈물은 수천 세월을 끊임없이 흐려 놓았다 /

…(중략)… // 몇 해라 이 삼경에 빙빙 도는 눈물을 / 씻지는 못하고 고인 그대로 흘리웠느니 / 서럽고 외롭고 여윈 이 몸은 / 퍼붓는 네 술잔에 그만 지늘겼느니 / 무섬 정드는 이 새벽까지 울리는 저승의 노래

이 작품에서 '두견'은 '울어 피를 뱉고 뱉은 피는 도로 삼켜 평생을 원한과 슬픔에 지친 작은 새'로 표현되었다. 시대적 상황으로 미루어볼 때 '두견'은 일제 치하 우리 민족을 상징한다고 해석할 수도 있다. 유미주의(문학에서 아름다움을 추구하는 경향)를 추구했던 김영랑의 작품에서는 보기 드문 장문의 시이자 예리하고 강렬한 현실 인식이 드러난 작품이기에 주목할 필요가 있다. 화자는 두견의 울음소리에 '한恨'이라는 우리 민족의 보편적 정서를 이입시켜 서러움과 처절함을 극대화시키고 있다.

| 청명 |

호르 호르르 호르르르 가을 아침 / 취어진 청명을 마시며 거닐면 / 수풀이 호르르 벌레가 호르르르 / 청명은 내 머릿속 가슴속을 젖어들어 / 발끝 손끝으로 새어나가나니

'푸르고 맑은'이란 뜻을 지닌 '청명'이란 이미지와 더

불어 단어 자체에서도 'ㅇ' 이 반복되면서 맑고 경쾌한 느낌을 주고 있으며, 시인은 이 작품에서 '호르 호르르 호르르르' 라는 경쾌한 느낌이 드는 의성어를 사용하여 음악성을 극대화하였다. 부드러운 느낌이 드는 유음 'ㄹ' 을 반복하고 한 음절씩 늘어난 시어를 배치함으로써 현대문학사에서 우리말의 묘미를 가장 잘 살려냈던 '언어의 연금술사' 다운 시인의 면모를 여실히 드러낸 작품이다.

| 독毒을 차고 |

내 가슴에 독毒을 찬 지 오래로다 / 아직 아무도 해害한 일 없는 새로 뽑은 독 / 벗은 그 무서운 독 그만 흩어버리라 한다 / …(중략)… 나는 독을 차고 선선히 가리라 / 막음 날 내 외로운 혼魂 건지기 위하여

이 작품이 쓰인 시기(1939년)는 일제의 억압이 최고조에 달한 시기였기에 시인 역시 이러한 현실을 작품에 반영한 것으로 보인다. 이 작품에서 '가슴에 독을 차는' 것은 화자가 자신의 '외로운 혼' 을 지키기 위한 행위이다. 하지만 그 독은 '아직 아무도 해한 일이 없는' 누구를 다치게 하는 독이 아니라 다만 화자 스스로를 지키기 위한 방어적인 장치이다. 친구는 그 허무한 독을 차서 무얼 하느냐 반

문하고, 화자 역시 그 말에 수긍하지만 오랜 시간 가슴에 지니고 있던 마음의 독을 선뜻 버리지 못한다. 이 작품에서 화자는 독을 품고 암울한 현실에 맞서 꿋꿋하게 살아가리라는 삶에 대한 확고한 의지와 신념을 드러내고 있다.

| 바다로 가자 |

바다로 가자 큰 바다로 가자 / 우리 인제 큰 하늘과 넓은 바다를 마음대로 가졌노라 / …(중략)… 우리 모두 다 가자꾸나 큰 바다로 가자꾸나 // 우리는 바다 없이 살았지야 숨 막히고 살았지야 / …(중략)… 오! 바다가 터지도다 큰 바다가 터지도다

이 작품에서 화자는 그동안 가져보지 못했던 '큰 하늘과 넓은 바다를 마음대로 가진' 즐거움을 노래하고 있다. '바다로 가자'는 일제 치하라는 암울한 시대를 벗어나 빛의 시대로 접어든 해방의 기쁨을 노래한 시이다. 이처럼 김영랑은 앞서 살펴본 〈독을 차고〉를 비롯하여 시작 활동 후반기로 갈수록 예리한 현실 의식이 반영된 작품들을 다수 창작한다.

3. 마치며

한국 현대문학사에서 순수 서정 시인으로 평가받고 있는 김영랑은 전통과 현대를, 개인의 서정과 날카로운 역사 인식을 넘나들며 폭넓은 시세계를 구축해 갔다. 그의 셋째 아들 김현철은 제1회 영랑문학제(2006. 4. 29) 강연에서 "아버지는 한복, 서양의 고전 음악과 국악 애호가였다. 풍채가 좋고 엄격하고 단호한 성품을 지니셨지만 내면은 섬세한 분이셨다. 1935년 발간된 《영랑시집》 첫 장에 '아름다움은 영원한 기쁨(A thing of beauty is a joy forever)'이라는 키츠의 시를 인용한 부분에서도 알 수 있듯이 아름다운 것을 추구하셨고 사랑하셨던 분이다."[2]라고 서술한 바 있다.

우리말의 경쾌함을 살려 시어가 줄 수 있는 음악적 효과와 아름다움을 한껏 이끌어내며 '유미주의'를 추구했던 서정 시인인 김영랑의 시세계와 잘 들어맞는 부분이다. 〈누

---

2) 윤호병, pp.177~179, 〈제4장 김영랑의 시세계〉, 김영랑의 3남 김현철의 강의 내용 발췌 부분 재인용.

이의 마음아 나를 보아라〉, 〈오매 단풍 들것네〉 등에서 정감 있는 토속적 방언을 사용하여 우리말의 묘미를 살리고, 〈가야금〉, 〈거문고〉, 〈북〉 등 우리의 전통악기에 대한 애정을 바탕으로 창작을 하면서도 프랑스 상징주의 시인 베를렌의 영향을 받아 〈빈 포켓에 손 찌르고〉란 작품을 쓰기도 했다. 또한 〈돌담에 속삭이는 햇발같이〉처럼 자연물을 바라보며 아름답고 순수한 세계를 동경하는 마음을 노래하면서도 〈독을 차고〉 등과 같이 어두운 시대를 날카롭게 포착해 내는 현실 인식이 반영된 작품을 쓰기도 하였다. 이렇듯 현대문학사에서 폭넓은 시세계를 구축해 나갔던 시인이기에 김영랑의 작품은 오늘날까지도 수많은 독자들에게 사랑을 받으며 깊은 울림을 주고 있는 것이다.

작가 연보

1903년(1세)

1월 16일 전라남도 강진의 부유한 집안에서 장남으로 태어나다. 본명은 김윤식, 호는 영랑永郎이다.

1909년(7세)

강진보통학교에 입학하다.

1915년(13세)

강진보통학교를 졸업하다.

1916년(14세)

어머니의 도움으로 서울 기독청년회관에서 영어를 공부하다. 결혼했으나 1년 반 만에 사별하다.

1917년(15세)

휘문의숙(1918년 1월에 '사립휘문고등보통학교'로 개칭함)에 입학하다.

1919년(17세)

3 · 1운동 당시 선언문을 감추고 강진으로 내려가 의거하려다 일본 경찰에 체포되어 대구형무소에 수감된 후 6개월 간 옥고를 치르다.

1920년(18세)

일본으로 건너가 아오야마[青山] 학원에서 공부하다. 이때 박용철을 만나 교류하다.

1923년(21세)

관동 대지진으로 학업을 중단하고 귀국해 본격적인 시작詩作 활동을 하다. 김귀련과 재혼하다.

1930년(28세)

박용철, 정지용 등 여러 시인과 시문학파로 활동하다. 《시문학》 창간호에 시 〈동백잎에 빛나는 마음〉, 〈언덕에 바로 누워〉, 〈쓸쓸한 뫼 앞에〉 등 30편을 발표하다.

1934년(32세)

《문학》에 시 〈모란이 피기까지는〉, 〈그밖에 더 아실 이〉, 〈밤이면 고총 아래〉 등을 발표하다.

1935년(33세)

박용철의 도움으로 첫 번째 시집 《영랑시집》을 시문학사에서 발간하다. 이 시집에는 김영랑의 대표작인 〈모란이 피기까지는〉, 〈돌담에 속삭이는 햇발같이〉 등이 수록되다.

1939년(37세)

《조광》에 〈거문고〉, 〈가야금〉을, 《여성》에 〈연 I〉을, 《문장》에 〈독毒을 차고〉, 〈오월〉을, 《시림》에 〈전신주〉를 발표하다.

1945년(43세)

해방 후 우익 운동에 참여하다.

1949년(47세)

두 번째 시집《영랑시선》을 중앙문화사에서 발간하다. 광복 이전까지 창씨개명과 신사참배 및 삭발령을 거부했고, 광복 후에는 당시 중앙행정부인 공보처의 출판국장으로 취임 후 6개월 만에 사임하다.

1950년(48세)

한국전쟁 당시 포탄 파편에 맞아 서울 자택에서 눈을 감다. 이태원 남산 기슭에 가매장하다.

1954년

망우리에 이장하다.

1981년

유고시집《모란이 피기까지는》을 발간하다.

나의 애송시

나의 애송시